KB109610

하늘의 무지개를 볼 때마다

하늘의 무지개를 볼 때마다

윌리엄 워즈워스

유종호 옮김

MY HEART LEAPS UP
William Wordsworth

차례

I WANDERED LONELY AS A CLOUD

I wandered lonely as a cloud
That floats on high o'er vales and hills,
When all at once I saw a crowd,
A host of golden daffodils;
Beside the lake, beneath the trees,
Fluttering and dancing in the breeze.

Continuous as the stars that shine
And twinkle on the milky way,
They stretched in never-ending line
Along the margin of a bay:
Ten thousand saw I at a glance,
Tossing their heads in sprightly dance.

The waves beside them danced; but they
Out-did the sparkling waves in glee;
A poet could not but be gay,

수선화*

산골짜기 넘어서 떠도는 구름처럼
지향 없이 거닐다
나는 보았네.
호숫가 나무 아래
미풍에 너울거리는
한 떼의** 황금빛 수선화를.

은하에서 빛나며
반짝거리는 별처럼
물가를 따라
끝없이 줄지어 피어 있는 수선화.
무수한 꽃송이가
흥겹게 고개 설레는 것을.

주위의 물결도 춤추었으나
기쁨의 춤은 수선화를 따르지 못했으니!***
이렇게 흥겨운 꽃밭을 벗하여

---

* 이 시는 실제 경험 후 여러 해 만에 쓰인 것으로 이 시인의 지론인 '조용한 회상' 속에서 우러나온 것이다. 1802년 4월 시인 남매는 '알즈워터' 호반에서 작품에서 보는 수선화를 구경했다.

** a host of: 많은.

*** out-did: 능가했다.

In such a jocund company;

I gazed —— and gazed —— but little thought

What wealth the show to me had brought:

For oft, when on my couch I lie

In vacant or in pensive mood,

They flash upon that inward eye

Which is the bliss of solitude;

And then my heart with pleasure fills,

And dances with the daffodils.

어찌 시인이 흔쾌치 않으랴
나는 지켜보고 또 지켜보았지만
그 정경의 보배로움은 미처 몰랐느니.

무연(憮然)히 홀로 생각에 잠겨
내 자리에 누우면
고독의 축복인 속눈*으로
홀연 번뜩이는 수선화.
그때 내 가슴은 기쁨에 차고
수선화와 더불어 춤추노니.

———————

* inward eye: 속눈, 즉 상상력.

WRITTEN IN MARCH

While resting on the bridge at the foot of brothers's water

The cock is crowing,
The stream is flowing,
The small birds twitter,
The lake doth glitter,
The green field sleeps in the sun;
The oldest and youngest
Are at work with the strongest;
The cattle are grazing,
Their heads never raising;
There are forty feeding like one!

Like an army defeated
The snow hath retreated,
And now doth fare ill
On the top of the bare hill;
The plowboy is whooping — anon — anon:
There's joy in the mountains;
There's life in the fountains;
Small clouds are sailing,

삼월[*]

브러더스 워터 기슭의 다리 위에서 쉬는 사이에

수탉이 꼬꼬 댄다.
시내가 흐른다.
새들이 지저귀고
호수가 빛나고
푸른 들이 볕 속에 잠들어 있다.
늙은이도 어린것도
장정들과 함께 일하고 있다.
고개조차 들지 않고
소들이 풀을 뜯는다.
마흔 마리가 도무지 하나같구나!

패배한 군사처럼
눈은 물러가고
산꼭대기에서나
겨우 지탱을 한다.
이따금 고함치는
소 모는 젊은이
산속에는 기쁨
샘 속에는 생기
조각구름 떠가고

---

[*] 누이 도러시는 이 시가 1802년 4월 16일 자 시인의 일기에 즉흥적으로 쓴 서경임을 밝혀 놓고 있다.

Blue sky prevailing;
The rain is over and gone!

온통 푸른 하늘
비는 멀리 가 버렸구나!

MY HEART LEAPS UP WHEN I BEHOLD

My heart leaps up when I behold
A rainbow in the sky:
So was it when my life began;
So is it now I am a man;
So be it when I shall grow old,
Or let me die!
The Child is father of the Man;
And I could wish my days to be
Bound each to each by natural piety

하늘의 무지개를 볼 때마다

하늘의 무지개를 볼 때마다
내 가슴 설레느니,
나 어린 시절에 그러했고
다 자란 오늘에도 매한가지,
쉰 예순에도 그러지 못하다면
차라리 죽음이 나으리라.
어린이는 어른의 아버지
바라노니 나의 하루하루가
자연의 믿음*에 매어지고자.

---

* natural piety: 자연에 대한 경건한 마음. 성서에 기초를 둔 경건함과는
다르다. 예사로운 일상사의 기적에 대한 계속적인 감동은 성년의 워즈워스를
어린 시절과 이어 주는 종교적 감정이었다.

SHE DWELT AMONG THE UNTRODDEN WAYS

She dwelt among the untrodden ways
    Beside the springs of Dove,
A Maid whom there were none to praise
    And very few to love;

A violet by a mossy stone
    Half hidden from the eye!
—— Fair as a star, when only one
    Is shining in the sky.

She lived unknown, and few could know
    When Lucy ceased to be;
But she is in her grave, and, oh,
    The difference to me!

외진 곳에서

비둘기 강가*의 외진 곳에서
　그녀는 살았습니다.
지켜 주는 사람도
　사랑해 주는 이도 없는 처녀였지요.

눈길이 안 닿는 이끼 낀 바위틈에
　피어 있는 한 떨기 오랑캐꽃!
샛별이 홀로 빛날 때처럼
　그렇게 그녀는 아름다웠지요.

이름 없이 살다가 죽었을 때
　그것을 안 사람은 있는 둥 마는 둥.
이제 그녀는 무덤 속에 누웠으니
　아! 크나큰 이 내 허전함이여!

---

* 비둘기 강은 시인이 살던 호반 지방 이외에도 서너 개가 있다.

I TRAVELED AMONG UNKNOWN MEN

I traveled among unknown men,
   In lands beyond the sea;
Nor, England! did I know till then
   What love I bore to thee.

'Tis past, that melancholy dream!
   Nor will I quit thy shore
A second time; for still I seem
   To love thee more and more.

Among thy mountains did I feel
   The joy of my desire;
And she I cherished turned her wheel
   Beside an English fire.

Thy mornings showed, thy nights concealed,
   The bowers where Lucy played;
And thine too is the last green field
   That Lucy's eyes surveyed.

낯모르는 사람 속을*

바다를 건너서 여러 나라
　낯모르는 사람 속을 여행했노라
내 나라 영국이여!
　얼마나 그대를 사랑하는가
그때 비로소 그것을 알았노라.

그 우울한 꿈**은 지나갔노라
　두 번 다시 그대 바닷가를
떠나지 않으리니
　내 더욱 그대를 사랑하기 때문.

그대의 산속에서
　사랑의 기쁨을 알았노라
내 그리던 여인도
　그대의 노변(爐邊)에서 물레를 돌렸느니.

아침이 보여 주고 밤이 숨겼던
　루시가 놀던 집
루시가 둘러본 마지막 푸른 들판
　모든 것이 그대로 그대의 것이어니.

---

* 이른바 'Lucy Poems' 중의 하나.
** Melancholy dream: 객지에서 꾸던 고국의 꿈.

A SLUMBER DID MY SPIRIT SEAL

A slumber did my spirit seal;
    I had no human fears;
She seemed a thing that could not feel
    The touch of earthly years.

No motion has she now, no force;
    She neither hears nor sees;
Rolled round in earth's diurnal course,
    With rocks, and stones, and trees.

선잠이 내 혼을*

선잠이 내 혼을 봉해 놓았었다.
　　나는 삶의 두려움을 몰랐다.**
그녀는 초연한 사람인 듯싶었다.
　　이승의 세월의 손길에.***

이제 그녀는 움직이지 않는다. 기운도 없다.
　　듣도 보도 못한다.
바위와 돌멩이와 나무와 더불어
　　하루하루 땅덩이의 궤도를 돌고 있을 뿐.■

---

* 'Lucy Poems'의 하나.
** 예컨대 죽음도 몰랐다.
*** The touch of earthly year: 세월의 흔적, 나이의 영향.
■ 마지막 연은 소녀가 죽어 자연으로 돌아가 지구와 더불어 회전한다는 뜻.

SHE WAS A PHANTOM OF DELIGHT

She was a Phantom of delight
When first she gleam'd upon my sight;
A lovely apparition, sent
To be a moment's ornament;
Her eyes as stars of twilight fair;
Like Twilight's, too, her dusky hair;
But all things else about her drawn
From May-time and the cheerful dawn;
A dancing shape, an image gay,
To haunt, to startle, and waylay.

I saw her upon nearer view,
A spirit, yet a Woman too!
Her household motions light and free,
And steps of virgin-liberty;
A countenance in which did meet
Sweet records; Promises as sweet;
A creature not too bright or good
For human nature' s daily food,
For transient sorrows, simple wiles,
Praise, blame, love, kisses, tears, and smiles.

그녀는 기쁨의 환영*

처음으로 내 눈에 비쳤을 때
그녀는 기쁨의 환영이었다.
순간을 치장하기 위해 온
귀여운 그림자였다.
눈은 초저녁 별처럼 아름다웠고
검은 머리채 또한 초저녁** 같았다.
그러나 그 밖의 모든 것은
오월과 상쾌한 새벽에서 나온 것
출몰하고 놀래 주고 매복하는
춤추는 몰골, 즐거운 모습.

더 가까이에서 그녀를 보니
선녀이면서 또한 여인!
살림살이 거동이 거침없이 가볍고
구김살 없는 처녀의 발걸음
달콤한 추억과 달콤한 희망이
함께 어울린 얼굴,
사람됨의 나날의 양식인

---

* 시인의 아내 메리 허친슨(Mary Hutchinson)에게 바쳐진 시라고 알려져
있다.
** 저녁 하늘을 낭만파 시인들은 흔히 초저녁 여신이 풀어헤친 머리채로
상상했다.

For transient sorrows, simple wiles,
Praise, blame, love, kisses, tears, and smiles.

And now I see with eye serene
The very pulse of the machine;
A being breathing thoughtful breath,
A traveller between life and death;
The reason firm, the temperate will,
Endurance, foresight, strength, and skill;
A perfect Woman, nobly plann'd
To warn, to comfort, and command;
And yet a Spirit still, and bright
With something of an angel-light.

덧없는 슬픔과 하찮은 농간
추켜 줌과 꾸지람과 사랑과 입맞춤, 눈물과 미소에
알맞게 환하고 착한 여인이었다.

이제 나는 차분한 눈으로*
그녀 몸매의 고동을 본다.
깊은 생각을 숨 쉬는 존재
삶에서 죽음으로 건너가는 길손
단단한 이성, 온건한 의지
끈기와 형안(炯眼), 기운과 솜씨를 두루 갖춘
일러 주고 달래 주고 호령하는
빼어나게 태어난 흠 없는 여인
일변 눈부신
천사의 빛을 두른 선녀였다.

---

* 정열적인 비전(vision)에서 깨어나서 냉정하게 여인을 바라본다.

THE SOLITARY REAPER

Behold her, single in the field,
Yon solitary Highland Lass!
Reaping and singing by herself;
Stop here, or gently pass!
Alone she cuts and binds the grain,
And sings a melancholy strain;
O listen! for the Vale profound
Is overflowing with the sound.

No Nightingale did ever chaunt
More welcome notes to weary bands
Of travelers in some shady haunt,
Among Arabian sands;
A voice so thrilling ne'er was heard
In springtime from the Cuckoo bird,
Breaking the silence of the seas
Among the farthest Hebrides.

가을걷이하는 처녀*

보라! 들판에서 홀로
가을걷이하며 노래하는
저 고원의 처녀를,
멈춰 서라. 아니면 슬며시 지나가라,
홀로 베고 다발로 묶으며
구슬픈 노래를 부른다.
귀 기울여라! 깊은 골짜기엔
온통 노랫소리가 차 있구나.

아라비아 사막에서
그늘진 오아시스를 찾아 쉬는 길손에게
어떤 나이팅게일도
이렇듯 반가운 노래는 들려주지 못했으리
아득히 먼 헤브리디스** 섬들 사이
바다의 정적을 깨뜨리며
봄에 우는 뻐꾸기도
이렇듯 떨리는 목소리는
들려주지 못했으리.

---

* 이 시는 시인의 직접적인 경험에 의존하지 않은 얼마 안 되는 시편의
하나이다. 윌킨슨의 「스코틀랜드 기행」의 원고를 읽고 암시받아 쓴 것이라
한다.
** 헤브리디스: 스코틀랜드 서북방의 군도.

Will no one tell me what she sings? ——
Perhaps the plaintive numbers flow
For old, unhappy, far-off things,
And battles long ago;
Or is it some more humble lay,
Familiar matter of today?
Some natural sorrow, loss, or lain,
That has been, and may be again?

Whate'er the theme, the Maiden sang
As if her song could have no ending;
I saw her singing at her work,
And o'er the sickle bending ——
I listened, motionless and still;
And, as I mounted up the hill,
The music in my heart I bore,
Long after it was heard no more.

무엇을 노래하는지
아무도 내게 말해 주지 않으려나?
구성진 노랫말은 아마도
아득히 먼 서러운 옛일이나
옛 싸움을 읊은 것이리.
아니면 한결 귀에 익은
오늘날의 이 일 저 일
옛날에도 있었고 앞으로도 있을
피치 못할 슬픔과 이별과 아픔이리.

노랫말이 무엇이든 그 처녀는
끝이 없는 듯 노래했으니
나는 들었노라, 허리 굽혀
낫질하는 그녀의 노래를——
꼼짝 않고 잠잠히 귀 기울이다
내 등성이를 올라갔으니
그 노랫소리 이미 들리지 않았으나
내 가슴에 그것은 남아 있었느니.

TO A SKYLARK

Ethereal minstrel! pilgrim of the sky!
Dost thou despise the earth where cares abound?
Or while the wings aspire, are heart and eye
Both with thy nest upon the dewy ground?
Thy nest which thou canst drop into at will,
Those quivering wings composed, the music still!

To the last point of vision, and beyond,
Mount, daring warbler! —— that love-prompted strain
—— 'Twixt thee and thine a never-failing bond ——
Thrills not the less the bosom of the plain:
Yet might'st thou seem, proud privilege! to sing
All independent of the leafy spring.

Leave to the nightingale her shady wood;
A privacy of glorious light is thine,

노고지리에게

하늘의 떠돌이 시인! 하늘의 순례자여!
너는 시름 많은 대지를 업신여기느냐?
아니면 두 나래 솟아오를 때도
가슴과 눈은 보금자리와 함께
이슬 젖은 땅 위에 있느냐?
떨리는 나래를 진정하고
저 노래 그친 채
멋대로 내려와 앉는 그 보금자리!

바라뵈는 끝까지, 그리고 그 너머로
솟아오르라, 담보 큰 새야!
사랑이 부채질하는 노래는
── 너와 네 어린것 사이엔
    끝 모르는 연줄이 있다 ──
평원의 가슴을 서서히 설레게 한다.
땅 위의 봄과는 상관없이 노래하니
자랑스런 특권이리.

그늘진 숲속일랑 나이팅게일에게나 맡겨라.
네 몫은 눈부신 빛[*]의 은밀한 구석지

────────────

* 외롭지만 영광스러운 노고지리의 광명의 세계.

Where thou dost pour upon the world a flood
Of harmony, with instinct more divine;
Type of the wise, who soar, but never roam —
True to the kindred points of Heaven and Home.

거기서 너는 세상에 내려 쏟는다.

보다 거룩한 본능으로 화성(和聲)의 홍수를,

솟아오르나 헤매이지 않는

너는 지혜의 왕자

천국과 고향의 엇갈림일진저.

TO THE CUCKOO

O blithe new-comer! I have heard,
I hear thee and rejoice;
O Cuckoo! shall I call thee Bird,
Or but a wandering Voice?

While I am lying on the grass
Thy twofold shout I hear;
From hill to hill it seems to pass,
At once far off and near.

Though babbling only to the vale
Of sunshine and of flowers,
Thou bringest unto me a tale
Of visionary hours.

Thrice welcome, darling of the Spring!
Even yet thou art to me
No bird, but an invisible thing,

뻐꾸기에 부쳐

오, 유쾌한 새 손[客]이여!
예 듣고 지금 또 들으니
내 마음 기쁘다.
오, 뻐꾸기여!
내 너를 '새'라 부르랴,
헤매이는 '소리'라 부르랴?

풀밭에 누워서
거푸 우는 네 소릴 듣는다.
멀고도 가까운 듯
이 산 저 산 옮아가는구나.

골짜기에겐 한갓
햇빛과 꽃 얘기로 들릴 테지만
너는 내게 실어다 준다.
꿈 많은 시절의 얘기를.

정말이지 잘 왔구나
봄의 귀염둥이여!
상기도 너는 내게
새가 아니라
보이지 않는 것

A voice, a mystery;

The same whom in my school-boy days
I listen'd to; that Cry
Which made me look a thousand ways
In bush, and tree, and sky.

To seek thee did I often rove
Through woods and on the green;
And thou wert still a hope, a love;
Still long'd for, never seen!

And I can listen to thee yet;
Can lie upon the plain
And listen, till I do beget
That golden time again.

O blessed Bird! the earth we pace

하나의 목소리요, 수수께끼.

학교 시절에 귀 기울였던
바로 그 소리
숲속과 나무와 하늘을
몇 번이고 바라보게 했던
바로 그 울음소리.

너를 찾으려
숲속과 풀밭을
얼마나 헤매였던가
너는 여전히 내가 그리는
소망이요 사랑이었으나
끝내 보이지 않았다.

지금도 들판에 누워
네 소리에 귀 기울인다.
그 소리에 귀 기울일라치면
황금빛 옛 시절이 돌아온다.

오 축복받은 새여!
우리가 발 디딘

Again appears to be

An unsubstantial, faery place.

That is fit home for Thee!

이 땅이 다시
꿈같은 선경(仙境)처럼 보이는구나
네게 어울리는 집인 양!

THE REVERIE OF POOR SUSAN

At the corner of Wood Street, when daylight appears,
Hangs a Thrush that sings loud. it has sung for three years:
Poor Susan has pass'd by the spot, and has heard
In the silence of morning the song of the bird.

'Tis a note of enchantment; what ails her? She sees
A mountain ascending, a vision of trees;
Bright volumes of vapour through Lothbury glide,
And a river flows on through the vale of Cheapside.

가엾은 수전*의 낮꿈

우드 거리** 모퉁이에서
햇볕이 들면
내걸린 지빠귀가
목청 높이 운다.
벌써 석 삼 년째,
가엾은 수전이 이곳을 지나다
아침의 고요 속에
새소리를 들었다.

그것은 황홀한 가락,
그런데 어찌 된 까닭일까?
불현듯 그녀는 본다.
솟구치는 산을
나무들의 모습을
로드베리**를 흘러가는
짙은 안개를
치프사이드** 골짜기로
흐르는 강물을.

---

* Susan: 도시로 하녀살이 온 촌색시겠지.
** 모두 런던의 거리 이름.

Green pastures she views in the midst of the dale,
Down which she so often has tripp'd with her pail;
And a single small cottage, a nest like a dove's,
The one only dwelling on earth that she loves.

She looks, and her heart is in heaven: but they fade,
The mist and the river, the hill and the shade;
The stream will not flow, and the hill will not rise,
And the colours have all pass' d away from her eyes!

또한 그녀는 본다.
우유통을 들고
오갔던 골짜기
그 골짜기 한복판의
푸른 목장을,
그녀가 정붙였던 단 한 채
비둘기집 같은
외딴 채 오두막*을.

지켜보던 그녀 마음은
천국에라도 간 듯,
하지만 안개도 강물도
산도 그늘도 온통 사라진다.
강물은 흐르려 하지 않고
산도 솟구치려 하지 않는다.
마침내 그녀의 눈은
온통 생기를 잃어버렸다!

---

* 수전이 두고 온 고향 집.

LUCY GRAY

Or solitude

Oft I had heard of Lucy Gray:
And, when I crossed the wild,
I chanced to see at break of day
The solitary child.

No mate, no comrade Lucy knew;
She dwelt on a wide moor,
—— The sweetest thing that ever grew
Beside a human door!

You yet may spy the fawn at play,
The hare upon the green;
But the sweet face of Lucy Gray
Will never more be seen.

"Tonight will be a stormy night ——
You to the town must go;
And take a lantern, Child, to light
Your mother through the snow."

루시 그레이*

루시 그레이 얘기는 가끔 들었다.
광야를 건너가다가 우연히
동틀 무렵
그 외로운 아이를 보게 되었다.

말벗도 배필도 알지 못한 채
그녀는 넓은 황무지에서 살았다.
인가(人家)의 문가에서 자라는
아름다운 꽃나무처럼.

아직도 볼 수가 있다.
뛰노는 새끼 사슴과
풀밭에서 뛰는 산토끼를
그러나 다시는 볼 수 없으리라.
루시 그레이의 어여쁜 얼굴은.

"오늘 밤엔 눈보라가 치겠다.
애야, 초롱불을 들고 가서
네 어머니의 밤길을 밝혀 주려무나.
너는 읍에까지 가야 되겠다."

---

* 1709년 독일에서 쓴 것인데 눈보라에서 길을 잃고 운하에 빠져 죽은
소녀의 실화에 바탕을 둔 것이다.

"That, Father! will I gladly do:
'Tis scarcely afternoon —
The minster clock has just struck two,
And yonder is the moon!"

At this the Father raised his hook,
And snapped a faggot band;
He plied his work — and Lucy took
The lantern in her hand.

Not blither is the mountain roe;
With many a wanton stroke
Her feet disperse the powdery snow,
That rises up like smoke.

The storm came on before its time;
She wandered up and down;
And many a hill did Lucy climb,
But never reached the town.

The wretched parents all that night
Went shouting far and wide;

"아버지, 그러겠어요.
오후가 된 참이에요.
교회 시계가 두 시를 쳤지요.
그런데 저기 달이 떴어요!"

이 말에 아버지는 낫을 들고
나뭇단의 새끼를 잘랐다.
그는 제 일에 열을 내었고
루시는 초롱불을 손에 들었다.

사슴보다도 더 신이 났다.
장난치는 그녀의 발걸음이
채이는 눈가루를 날려
연기처럼 오르게 했다.

불시에 눈보라가 불어닥쳤다.
많은 산을 오르내리며
그녀는 헤매었으나
읍에는 이르지 못했다.

처참해진 부모들은 밤새
고함치며 멀리 찾아 나섰다.

But there was neither sound nor sight
To serve them for a guide.

At daybreak on a hill they stood
That overlooked the moor;
And thence they saw the bridge of wood,
A furlong from their door.

They wept — and, turning homeward, cried,
"In heaven we all shall meet;"
— When in the snow the mother spied
The print of Lucy's feet.

Then downwards from the steep hill's edge
They tracked the footmarks small;
And through the broken hawthorn hedge,
And by the long stone wall;

And then an open field they crossed:
The marks were still the same;
They tracked them on, nor ever lost;

그러나 인도해 줄
소리도 뵈는 것도 없었다.

새벽녘에 그들은 서 있었다.
황야를 굽어보는 등성이에,
자기 집 대문 가까이에
나무 다리 있는 것이 보였다.

두 사람은 느껴 울었다.
집으로 향하면서 소리쳤다.
"천국에서 다시 만나게 되겠지"
바로 그때 어머니는
눈 속에 난 루시의 발자국을 보았다.

두 사람은 가파른 산마루를
작은 발자국 좇아 내려갔다.
흠이 난 산사나무 울타리를 지나
길고 긴 돌담을 따라.

이어 활짝 트인 들판을 가로질렀다.
발자국은 여전하였다.
두 사람은 별일 없이 따라가서

And to the bridge they came.

They followed from the snowy bank
Those footmarks, one by one,
Into the middle of the plank;
And further there were none!

—— Yet some maintain that to this day
She is a living child;
That you may see sweet Lucy Gray
Upon the lonesome wild.

O'er rough and smooth she trips along,
And never looks behind;
And sings a solitary song
That whistles in the wind.

나무 다리에 닿았다.

눈 덮인 둑에서부터
하나하나 발자국을 따라갔다.
다리의 널빤지 한복판에서
자국은 이제 끊겨 있었다!

그녀가 아직도 살아 있다고
지금껏 고집하는 사람도 있다.
외진 광야에서
어여쁜 루시 그레이를 볼 수 있다고.

가파르건 순탄하건 가리지 않고
그녀는 길을 간다.
뒤도 돌아보지 않고
일변 그녀의 노랫소리는
바람 속에 한숨짓고.

COMPOSED UPON WESTMINSTER BRIDGE, SEPTEMBER 2nd, 1802

Earth has not anything to show more fair:
Dull would he be of soul who could pass by
A sight so touching in its majesty;
This City now doth, like a garment, wear
The beauty of the morning; silent, bare,
Ships, towers, domes, theaters, and temples lie
Open unto the fields, and to the sky;
All bright and glittering in the smokeless air.
Never did sun more beautifully steep
In his first splendor, valley, rock, or hill;
Ne'er saw I, never felt, a calm so deep!
The river glideth at his own sweet will;
Dear God! the very houses seem asleep;
And all that mighty heart is lying still!

웨스트민스터 다리 위에서

세상에 이보다 아름다운 것이 또 있을까.
이렇듯 뿌듯이 장엄한 정경을
그냥 지나치는 이는 바보이리.
런던은 지금 아침의 아름다움을
의상처럼 걸치고 있구나.
말없이 벌거벗은 채
배도 탑신(塔身)도 둥근 지붕도 극장도 사원도
들판과 하늘에 드러나 있고
온통 내 없는 대기 속에 눈부시게 번쩍이는구나.
태양도 이보다 더 아름답게
골짜기와 바위와 등성이를
아침의 눈부심 속에 담근 적이 없으리.
내 이처럼 깊은 고요를
보도 느끼지도 못했으니
가람은 유연히 제 뜻대로 흐르고
집들도 잠들어 있는 듯
아! 크낙한 도시*의 심장도
잠자코 누워 있구나.

---

* 세계의 심장부인 런던.

IT IS A BEAUTEOUS EVENING

It is a beauteous evening, calm and free,
The holy time is quiet as a Nun
Breathless with adoration; the broad sun
Is sinking down in its tranquility;
The gentleness of heaven broods o'er the Sea:
Listen! the mighty Being is awake,
And doth with his eternal motion make
A sound like thunder — everlastingly.
Dear Child! dear Girl! that walkest with me here,
If thou appear untouched by solemn thought,
Thy nature is not therefore less divine:
Thou liest in Abraham's bosom all the year,
And worship'st at the Temple's inner shrine,
God being with thee when we know it not.

아름다운 저녁*

고요하고 평화로운 아름다운 저녁
성스러운 이 시각이 찬송으로
숨죽이는 수녀처럼 조용하이.
큼지막한 저녁 해가 고요 속에 지고 있고
바다 위에 내려앉은 평온한 하늘
귀 기울이라!
생시의 하느님은
끝없는 동작으로
영원히 천둥소리를 내고 있도다.
나와 함께 이곳을 거닐며 있는
귀여운 아이, 귀여운 가시내야!
엄숙한 생각에 무연(無緣)한 듯 보일지라도
네 성품은 여전히 성스러우리.
너는 일 년 내 아브라함의 가슴**속에 있고,
사원의 성역에서 기도하고 있으니
우리가 알지 못하는 사이
하느님은 너와 함께 계시도다.

---

* "이 시는 1802년 가을 '칼레' 근처의 해변에서 쓴 것"이라고 시인은 적고
있다. 시인과 함께 거닐고 있는 시행 속의 소녀는 '아네트 발롱' 사이에서
태어난 사생아 '캐럴라인'이다.
** 죽은 뒤에 영혼이 가서 쉰다는 천국.

COMPOSED IN THE VALLEY, NEAR DOVER, ON THE DAY OF LANDING

Here, on our native soil, we breathe once more.
The cock that crows, the smoke that curls, that sound
Of bells — those boys who in yon meadow ground
In white-sleeved shirts are playing; and the roar
Of the waves breaking on the chalky shore —
All, all are English. Oft have I looked round
With joy in Kent's green vales; but never found
Myself so satisfied in heart before.
Europe is yet in bonds; but let that pass,
Thought for another moment. Thou art free,
My Country! and 'tis joy enough and pride
For one hour's perfect bliss, to tread the grass
Of England once again, and hear and see,
With such a dear Companion at my side.

다시 고토(故土)에서

우리는 다시금 숨 쉬고 있다.
이곳 고국 땅에서,
꼬끼오 우는 수탉, 소용돌이치는 연기,
저 종소리, 건너편 목초지에서
흰 셔츠 바람으로 뛰노는 개구쟁이들.
백악의 바다 기슭에 부서지는 파도 소리 ─
이 모두가 우리나라 것
내 이따금 기쁜 마음으로
켄트의 푸른 계곡을 둘러보았으나
이처럼 흡족하긴 이것이 처음
유럽은 아직도 묶인 몸
그러나 그 생각은 뒤로 미루자
나의 조국이여!
그대는 자유롭다
이렇듯 사랑스런 말벗*과 함께
다시 조국의 풀밭을 딛고 서서
한 시간 남짓 보고 듣는 것은
참으로 크나큰 기쁨이요 자랑이어라.

---

* 누이 도러시 워즈워스.

THE WORLD IS TOO MUCH WITH US

The world is too much with us; late and soon,

Getting and spending, we lay waste our powers;

Little we see in Nature that is ours;

We have given our hearts away, a sordid boon!

This sea that bares her bosom to the moon,

The winds that will be howling at all hours,

And are up-gathered now like sleeping flowers,

For this, for everything, we are out of tune;

It moves us not. —— Great God! I'd rather be

A Pagan suckled in a creed outworn;

So might I, standing on this pleasant lea,

Have glimpses that would make me less forlorn;

Have sight of Proteus rising from the sea;

Or hear old Triton blow his wreathed horn.

홍진에 묻혀

우리는 너무나 홍진(紅塵)에 묻혀 산다.
꼭두새벽부터 밤늦도록
벌고 쓰는 일에
있는 힘을 헛되이 탕진한다.
우리에게 주어진 자연도 보지 못하고,
심금마저 버렸으니 이 누한 흥정이여!
달빛에 젖가슴을 드러낸 바다
혹은 두고두고 울부짖다
시든 꽃포기처럼 잠잠해지는 바람
이 모든 것과 우리는 남남이다.
매사에 시큰둥하다. 신이여!
차라리 사라진 옛 믿음으로 자라는
이단(異端)이나 되고 지고
이 아름다운 풀밭에 서서
경치를 바라보면 위안이 되도록
바다에서 솟아나는 프로테우스*를 볼 수 있고
트리톤**의 조가비 소리를 들을 수 있도록.

---

* Proteus: 그리스 신화에 나오는 '바다의 노인'.
** Triton: 윗몸은 사람형이고 아래는 돌고래였는데 파도를 일으키고 진정시키는 능력을 가졌다.

LONDON, 1802

Milton! thou shouldst be living at this hour:
England hath need of thee: she is a fen
Of stagnant waters: altar, sword, and pen,
Fireside, the heroic wealth of hall and bower.
Have forfeited their ancient English dower
Of inward happiness. We are selfish men;
Oh! raise us up, return to us again;
And give us manners, virtue, freedom, power.
Thy soul was like a Star, and dwelt apart;
Thou hadst a voice whose sound was like the sea:
Pure as the naked heavens, majestic, free,
So didst thou travel on life's common way,
In cheerful godliness; and yet thy heart
The lowliest duties on herself did lay.

런던 1802년*

밀턴**이여!
당신은 지금 살아 계셔야 합니다.
영국이 당신을 필요로 합니다.
영국은 썩은 물이 고인 웅덩이
제단도 칼도 붓도 노변(爐邊)도 웅장한 대청과 방도
내면의 행복이란 유서 깊은 유산을 잃었습니다.
우리는 모두 제 잇속만 차리는 무리
아! 우리에게 기운을 북돋워 주고
돌아와 주십시오. 그리고
예의와 미덕과 자유와 힘을 주십시오.
당신의 영혼은 별처럼 멀리 떨어져 살았습니다.
당신의 목소리는 바닷소리와 같았고
벌거벗은 하늘처럼 맑고 장엄하고
자유로웠습니다.
당신은 인생의 범속한 길을
상냥하고 경건하게 걸어갔고
그러면서도 당신의 가슴은
하찮은 의무도 마다 아니 하셨습니다.

---

* 시인이 프랑스에서 귀국한 직후에 쓴 시편 중의 하나. 시인은 영국의
부박(浮薄)함에 상심했었다.
** 존 밀턴(John Milton, 1608-1674) 영국의 시인. 종교 개혁과 정치적
자유를 주장하다가 탄압을 받았다. 『실낙원』을 썼다.

RESOLUTION AND INDEPENDENCE

1

There was a roaring in the wind all night;
The rain came heavily and fell in floods;
But now the sun is rising calm and bright;
The birds are singing in the distant woods;
Over his own sweet voice the stock dove broods;
The jay makes answer as the magpie chatters;
And all the air is filled with pleasant noise of waters.

2

All things that love the sun are out of doors;
The sky rejoices in the morning's birth;
The grass is bright with raindrops; on the moors
The hare is running races in her mirth;
And with her feet she from the plashy earth
Raises a mist; that, glittering in the sun,
Runs with her all the way, wherever she doth run.

결의와 독립

1

바람이 밤새 아우성치고
비는 억수로 쏟아져 내렸다.
하나 지금 해가 눈부시게 조용히 솟고 있다.
새들 먼 수풀에서 우짖고
들비둘기는 제 고운 목소리를 곰곰이 생각한다.
까치가 짖어 대니 어치가 화답한다.
대기는 시원한 물소리로 가득 차 있다.

2

태양을 그리는 모든 것이 바깥에 나와 있고
하늘은 아침의 탄생을 기뻐한다.
풀은 빗방울 머금고 빛난다.
토끼가 황야를 신이 나서 달리며
발길로 젖은 땅에서 물보라를 올린다.
물보라는 햇빛에 반짝이며
어디까지나 토끼를 따라 달려간다.

3

I was a Traveler then upon the moor;
I saw the hare that raced about with joy;
I heard the woods and distant waters roar;
Or heard them not, as happy as a boy:
The pleasant season did my heart employ:
My old remembrances went from me wholly;
And all the ways of men, so vain and melancholy.

4

But, as it sometimes chanceth, from the might
Of joy in minds that can no further go,
As high as we have mounted in delight
In our dejection do we sink as low;
To me that morning did it happen so;
And fears and fancies thick upon me came;
Dim sadness — and blind thoughts, I knew not, nor could
    name.

3

그때 나는 황야의 나그네였다.
나는 기뻐서 달음질치는 토끼를 보았다.
나는 숲과 먼 물소리를 들었다.
아니 듣지 못했던가, 소년처럼 들떠서.
즐거운 계절이 내 마음을 사로잡았다.
나의 옛 기억은 송두리째 내게서 사라졌고
또 부질없고 우울한 세상사도 사라졌다.

4

그러나 더 이상 갈 수 없는
희열의 힘으로부터
우리의 희열이 높이 올랐던 만큼
우리의 의기가 깊이 소침해진다.
이런 일은 흔히 있는 법
그날 아침이 내겐 바로 그러하였다.
공포와 공상이 마구 육박해 왔다.
흐릿한 슬픔 — 알지도 못하였고
이름 붙일 수도 없는 마구잡이 망상이.

5

I heard the skylark warbling in the sky;
And I bethought me of the playful hare:
Even such a happy Child of earth am I;
Even as these blissful creatures do I fare;
Far from the world I walk, and from all care;
But there may come another day to me —
Solitude, pain of heart, distress, and poverty.

6

My whole life I have lived in pleasant thought,
As if life's business were a summer mood;
As if all needful things would come unsought
To genial faith, still rich in genial good;
But how can he expect that others should
Build for him, sow for him, and at his call
Love him, who for himself will take no heed at all?

5

나는 하늘에서 지저귀는 종다리를 들었고
마구 장난치는 토끼를 생각하였다.
나도 똑같이 행복한 대지의 아이다.
이들 행복한 동물처럼 나는 지내고 있다.
세상에서 멀리, 모든 근심에서 멀리 떨어져 나는 걷는다.
그러나 내게 다른 날이 올지도 모른다 —
고독, 마음고생, 고난, 그리고 가난이.

6

줄곧 나는 즐거운 생각으로 살아왔다.
사는 일이 여름의 기분이거나 하듯이,
인정 많고 상냥한 믿음 가진 사람에겐
필요한 것은 모두 구하지 않아도 찾아오기나 하듯이.
그러나 스스로 마음 쓰지 않는 사람을
타인이 그를 위해 집 지어 주고, 씨 뿌려 주고
호응의 사랑을 보내기를 어떻게 기대할 수 있는가?

7

I thought of Chatterton, the marvelous Boy,
The sleepless Soul that perished in his pride;
Of him who walked in glory and in joy
Following his plow, along the mountainside;
By our own spirits are we deified:
We Poets in our youth begin in gladness,
But thereof come in the end despondency and madness.

8

Now, whether it were by peculiar grace,
A leading from above, a something given,
Yet it befell that, in this lonely place,
When I with these untoward thoughts had striven,
Beside a pool bare to the eye of heaven

7

나는 저 놀라운 소년 시인 채터턴,*
한창때 요절한 잠잘 틈도 없었던 영혼을 생각한다.
산자락을 따라 쟁기질하며
영광과 환희 속에 걸어갔던 시인 번스**를 생각했다.
우리들은 스스로의 정신에 의해 신으로 숭상된다.
우리 시인들은 젊었을 적 기쁨으로 출발하지만
마지막엔 절망과 광기가 찾아든다.

8

그런데 특별한 하늘의 은혜인지
하늘의 인도인지, 무슨 선물인지
내가 이런 당치 않은 생각과 다투고 있을 때
이 호젓한 장소에
하늘에 탁 트이게 노출된 연못가에서

---

* 토머스 채터턴(Thomas Chatterton, 1752-1770) 영국의 시인. 열다섯 살
때 자작 시집을 중세 시인 롤리의 작품이라 속여 발표해 유명해졌고, 사실이
탄로 나자 자살했다.
** 로버트 번스(Rovert Burns, 1759-1796) 스코틀랜드 에리셔 출신의 시인.
농장을 돌아다니며 농사를 짓고 시를 썼다.

I saw a Man before me unawares:
The oldest man he seemed that ever wore gray hairs.

9

As a huge stone is sometimes seen to lie
Couched on the bald top of an eminence;
Wonder to all who do the same espy,
By what means it could thither come, and whence;
So that it seems a thing endued with sense:
Like a sea beast crawled forth, that on a shelf
Of rock or sand reposeth, there to sun itself;

10

Such seemed this Man, not all alive nor dead,
Nor all asleep — in his extreme old age;
His body was bent double, feet and head
Coming together in life's pilgrimage;
As if some dire constraint of pain, or rage
Of sickness felt by him in times long past,
A more than human weight upon his frame had cast.

나는 홀연히 내 앞에 있는 한 사람을 보았다.
그는 호호백발의 아주 나이 많은 노인인 듯싶었다.

9

벌거숭이 산꼭대기에
크낙한 바위가 누워 있는 경우가 있다.
어떻게 그곳에, 어디에서 왔는가.
그것을 본 사람은 궁금하게 여긴다.
그래서 그것이 감각을 가지고 있는 듯 여겨진다.
해바라기하기 위해 기어 나와
바위 위나 모래 위에서 쉬고 있는 바다짐승처럼

10

이 노인이 바로 그러했다. 하도 늙어 아주 살아 있는 것도,
　　죽은 것도, 잠들어 있는 것도 아니었다.
삶의 긴 나그넷길에서 허리 구부러지고 발과 허리가 하나
　　되었다.
오래전에 받은 고통의 슬픈 속박이
혹은 질병의 엄습이
사람으로서 견디어 내기 힘든 부담을 그의 육체에 부과한 듯이.

11

Himself he propped, limbs, body, and pale face,
Upon a long gray staff of shaven wood;
And, still as I drew near with gentle pace,
Upon the margin of that moorish flood
Motionless as a cloud that old Man stood,
That heareth not the loud winds when they call,
And moveth all together, if it move at all.

12

At length, himself unsettling, he the pond
Stirred with his staff, and fixedly did look
Upon the muddy water, which he conned,
As if he had been reading in a book;
And now a stranger's privilege I took,
And, drawing to his side, to him did say,
"This morning gives us promise of a glorious day."

11

노인은 깎아 다듬은 나무의 긴 잿빛 지팡이에
손발, 몸뚱이, 창백한 얼굴을 지탱했다.
그리고 내가 살며시 다가가니
황야 속의 늪가에 노인은 서 있었다.
소리 높이 부르는 바람 소리도 듣지 않고
움직일 때면 떼 지어 움직이는 구름처럼 꼼짝도 않고.

12

마침내 노인은 몸을 일으켜
지팡이로 웅덩이의 물을 휘젓고
마치 책이라도 읽고 있듯이
흙탕물을 골똘히 바라보았다.
낯모르는 이의 특권을 행사하여
가까이 다가가 그에게 말하였다.
"좋은 날씨가 될 것 같군요."

13

A gentle answer did the old Man make,
In courteous speech which forth he slowly drew;
And him with further words I thus bespake,
"What occupation do you there pursue?
This is a lonesome place for one like you."
Ere he replied, a flash of mild surprise
Broke from the sable orbs of his yet-vivid eyes.

14

His words came feebly, from a feeble chest,
But each in solemn order followed each,
With something of a lofty utterance dressed —
Choice word and measured phrase, above the reach
Of ordinary men; a stately speech;
Such as grave livers do in Scotland use,
Religious men, who give to God and man their dues.

13

노인은 부드럽게 대답하였다.
깍듯한 말씨로 아주 천천히
나는 말을 이어 나갔다.
"거기서 무엇을 하십니까?
할아버지한테는 아주 외진 곳인데요."
노인이 대답하기 전에, 조용한 놀라움이
아직도 생기 찬 검은 눈동자에서 번뜩였다.

14

노인의 말은 허약한 가슴에서 기운 없이 나왔다.
그러나 한마디 한마디가 엄숙한 순서로 이어졌다.
고매한 기품을 띠고 있었다 ─
골라잡은 말과 절도 있는 어귀,
보통 사람이 미치지 못하는 당당한 말솜씨였다.
스코틀랜드의 엄숙한 주민들
신과 인간을 사랑하는 종교적인 인사들이 사용하는
　　말이었다.

15

He told, that to these waters he had come
To gather leeches, being old and poor:
Employment hazardous and wearisome!
And he had many hardships to endure:
From pond to pond he roamed, from moor to moor;
Housing, with God's good help, by choice or chance;
and in this way he gained an honest maintenance.

16

The old Man still stood talking by my side;
But now his voice to me was like a stream
Scarce heard; nor word from word could I divide;
And the whole body of the Man did seem
Like one whom I had met with in a dream;
Or like a man from some far region sent,
To give me human strength, by apt admonishment.

15

노인은 말했다. 늙고 가난하여
거머리를 잡으러 이 물가에 왔다고.
위험하고 따분한 일이었다!
노인은 많은 어려움을 겪어야 했다.
못에서 못으로, 늪에서 늪으로 그는 떠돌았다.
신의 도움으로, 혹은 선택이나 우연으로 잠잘 곳을 구하며
이렇듯 그는 정직한 생활을 꾸려 왔다.

16

노인은 여전히 내 곁에 서서 말하였다.
그러나 이제 그 목소리는 겨우 들리는 시냇물 같아
이 말 저 말을 분간할 수 없었다.
그의 온몸은 내가 전에 꿈에서 만났던 사람 같았다.
혹은 적절한 권고로 내게 기운을 내게 하기 위해
먼 나라에서 파견된 사람 같았다.

17

My former thoughts returned: the fear that kills;
And hope that is unwilling to be fed;
Cold, pain, and labor, and all fleshly ills;
And mighty Poets in their misery dead.
—— Perplexed, and longing to be comforted,
My question eagerly did I renew,
"How is it that you live, and what is it you do?"

18

He with a smile did then his words repeat;
And said that, gathering leeches, far and wide
He traveled, stirring thus about his feet
The waters of the pools where they abide.
"Once I could meet with them on every side,
But they have dwindled long by slow decay;
Yet still I persevere, and find them where I amy."

17

그전의 생각이 되돌아왔다.
섬뜩한 공포, 실현되기 어려운 희망,
추위, 고통, 노동, 모든 육체의 병,
그리고 비참하게 죽은 위대한 시인들.
── 곤혹스러워 위로받고 싶어서
나는 다시 열의 있게 물었다.
"어떻게 사시며 무슨 일을 하십니까?"

18

노인은 미소 띤 채 그의 말을 되풀이하였다.
거머리를 잡으며 거머리가 사는 웅덩이 물을
발 주위로 휘저으면서
멀리 또 널리 떠돌아다녔다고.
"그전엔 거머리가 어디에나 있었지만
이제는 점점 줄어들고 있소.
그러나 여전히 어디고 찾아다닌다우."

19

While he was talking thus, the lonely place,
The old Man's shape, and speech — all troubled me:
In my mind's eye I seemed to see him pace
About the weary moors continually,
Wandering about alone and silently.
While I these thoughts within myself pursued,
He, having made a pause, the same discourse renewed.

20

And soon with this he other matter blended,
Cheerfully uttered, with demeanor kind,
But stately in the main; and, when he ended,
I could have laughed myself to scorn to find
In that decrepit Man so firm a mind.
"God", said I, "be my help and stay secure;
I'll think of the Leech gatherer on the lonely moor!"

19

노인이 이렇게 말하는 동안, 그 호젓한 외진 장소,
그의 모습, 이야기, 모든 것이 나를 괴롭혔다.
홀로 말없이 떠돌면서
계속 따분한 황야를 걷고 있는 그를
내 마음의 눈으로 보는 듯하였다.
내가 이런 생각을 하고 있는 사이
노인은 잠시 그쳤다가 다시 말을 이었다.

20

이내 그는 다른 얘기도 섞어서 말하였다.
그의 말은 쾌활하고 상냥하고 대체로 당당하였다.
얘기가 끝났을 때
그렇듯 노쇠한 노인에게 그처럼 강단 있는 정신이 있음을
      보고
나는 자신을 비웃고 싶은 지경이었다.
"신이여" 하고 나는 말했다.
"저를 도와 단단히 지탱해 주십시오.
나는 외진 황야의 거머리잡이를 생각하겠습니다."

LINES COMPOSED A FEW MILES
ABOVE TINTERN ABBEY

On Revisiting the Banks of the Wye During A Tour,
July 13, 1798

Five years have passed; five summers, with the length
Of five long winters! and again I hear
These waters, rolling from their mountainsprings
With a soft inland murmur. Once again
Do I behold these steep and lofty cliffs,
That on a wild secluded scene impress
Thoughts of more deep seclusion; and connect
The landscape with the quiet of the sky.
The day is come when I again repose
Here, under this dark sycamore, and view
These plots of cottage ground, these orchard tufts,
Which at this season, with their unripe fruits,
Are clad in one green hue, and lose themselves

틴턴 사원 위쪽에서*

1798년 7월 13일 와이 강의 제방을 다시 찾았을 때
틴턴 사원의 몇 마일 상류 지점에서 쓰다.

다섯 해가 지나갔다. 다섯 번의 여름과
기나긴 겨울이! 그리고 나는 다시
듣는다 이 강물 소리를.
산골 샘에서 흘러나와
조용히 흐르는 이 벽지의 물소리.
다시 한번 나는 바라본다.
거칠고 으슥한 정경에 보다 깊은
으슥한 생각을 더해 주며
땅의 경치와 하늘의 고요를 이어 주는
이 높고 가파로운 벼랑들을,
푸르다 못해 검은 신나무 아래
내 오늘 몸을 쉬며
오두막의 뜨락밭
과원(果園)의 나무들을 다시 구경하느니
철 일러 과일이 익지 않은
과수들은 한 색 초록의 옷을 걸치고

• 1798년에 나온 『서정담시집』 중 마지막으로 수록된 작품. 1793년 그를
경애하는 청년 칼버트(William Calvert)와 함께 시인은 영국 서부 지방을
여행하다가 와이 강가에 왔었음. "다섯 해가 지나갔다."는 것은 이를 말한다.

'Mid groves and copses. Once again I see
These hedgerows, hardly hedgerows, little lines
Of sportive wood run wild; these pastoral farms,
Green to the very door; and wreaths of smoke
Sent up, in silence, from among the trees!
With some uncertain notice, as might seem
Of vagrant dwellers in the houseless woods,
Or of some Hermit's cave, where by his fire
The Hermit sits alone.

      These beauteous forms,
Through a long absence, have not been to me
As is a landscape to a blind man's eye;
But oft, in lonely rooms, and 'mid the din
Of towns and cities, I have owed to them,
In hours of weariness, sensations sweet,

작은 나무 숲속에 어울려 사라지느니
다시 한번 나는 본다 이 생울타리들
아니 생울타리라기보다는 멋대로 장난
치는 줄지어 선 나무를.
문 앞까지 초록인 시골 밭을,
나무 사이로 조용히
오르는 소용돌이 연기를!
인가 없는 숲속에 떠도는 이들이
올리는 것임 직도 하고
홀로 불가에 앉아 있는
은자의 땅굴 속에서
나오는 것임 직도 한 연기를!
오랫동안 떨어져 있는 사이
          이 아름다운 경치는 내게 있어
장님의 눈에 비친 풍경 같지는 않았다.
읍내와 도시의 소음 속,
외로운 방 속에서
고단한 시각이면 흔히
이 경치로 해서 감미로운 정감을

Felt in the blood, and felt along the heart;
And passing even into my purer mind,
With tranquil restoration — feelings too
Of unremembered pleasure; such, perhaps,
As have no slight or trivial influence
On that best portion of a good man's life,
His little, nameless, unremembered, acts
Of kindness and of love. Nor less, I trust,
To them I may have owed another gift,
Of aspect more sublime; that blessed mood,
In which the burthen of the mystery,
In which the heavy and the weary weight
Of all this unintelligible world,

핏줄과 가슴속에서 느끼고
또 보다 맑은 정신 속으로 흘러가
평안을 되찾아 줌을 느꼈다.
이들 경치로 해서
근원을 기억할 수 없는 기쁨*도 느꼈다.
이런 기쁨은
마음 착한 사람의 삶의 최상의 부분에
상냥함과 사랑에서 나온
작고 이름 없고
기억되지 않는 행동에
적지 않은 영향을 미친다.
게다가 이 경치로 해서
보다 숭고한 모습의 선물을
지니게 된 것이리라.
수수께끼의 짐이, 알 수 없는
이 세상의 무겁고 고단한 짐이
가벼워지는 저 정화된 심경이란 선물.

---

* 도시에서 느끼는 감미로운 정감(Sweet sensation)의 근원은 몇 해 전 와이
강에서 느꼈던 기쁨(Pleasure)이지만 시인은 그 사실을 기억 못 하고 있다.

Is lightened — that serene and blessed mood,
In which the affections gently lead us on —
Until, the breath of this corporeal frame
And even the motion of our human blood
Almost suspended, we are laid asleep
In body, and become a living soul;
While with an eye made quiet by the power
Of harmony, and the deep power of joy,
We see into the life of things.
                                    If this
Be but a vain belief, yet, oh! how oft —
In darkness and amid the many shapes
Of joyless daylight; when the fretful stir
Unprofitable, and the fever of the world,
Have hung upon the beatings of my heart —
How oft, in spirit, have I turned to thee,

이 잔잔하고 정화된 심경으로
사랑이 우리를 조용히 인도해서
이 육신의 숨결과
피의 순환까지도 멎고
우리는 육체 속에 잠들어
살아 있는 영혼이 된다.
일변 조화의 힘과
기쁨의 크나큰 힘으로
안온해진 속눈으로
우리는 사물의 영혼을 본다.
            비록 이것이
터무니없는 믿음이라 할지라도
아! 얼마나 여러 번
어둠 속에서, 또
재미없는 한낮의 많은 것 속에서
실속 없는 역정과 현실의 열광이
내 심장의 고동을 내리누를 때
얼마나 자주 마음속에서
내 그대를 의지하였던가!

O sylvan Wye! thou wanderer through the woods,
How often has my spirit turned to thee!

And now, with gleams of half-extinguished thought
With many recognitions dim and faint,
And somewhat of a sad perplexity,
The picture of the mind revives again;
While here I stand, not only with the sense
Of present pleasure, but with pleasing thoughts
That in this moment there is life and food
For future years. And so I dare to hope,
Though changed, no doubt, from what I was when first
I came among these hills; when like a roe
I bounded o'er the mountains, by the sides

아! 숲가의 와이 강!
숲 사이의 길손이여
얼마나 되풀이
내 그대를 의지하였던가!

그리고 지금 반쯤 꺼진 생각의 미광(微光)으로
얼마간 서글픈 당황감에서 나온
흐릿하고 가녀린 많은 회상과 함께
마음의 풍경이 다시금 살아난다.
여기 이렇게 서 있는 사이
지금의 기쁨뿐 아니라 지금 이 순간
미래를 위한 생명과 양식이 있다는
즐거운 생각을 함께 갖는다.
그러기를 나는 바라노니
처음으로 이곳을
찾아왔을 때와는
내 많이 달라졌지만.
그때에는 한 마리 사슴처럼
자연의 부름을 받아

Of the deep rivers, and the lonely streams,
Wherever nature led — more like a man
Flying from something that he dreads than one
Who sought the thing he loved. For nature then
(The coarser pleasures of my boyish days,
And their glad animal movements all gone by)
To me was all in all. — I cannot paint
What then I was. The sounding cataract
Haunted me like a passion; the tall rock,
The mountain, and the deep and gloomy wood,
Their colors and their forms, were then to me
An appetite; a feeling and a love,
That had no need of a remoter charm,

깊은 강, 외진 냇물을 지나
산을 뛰어넘고 하였다.
사랑하는 것을 찾느니보다
두려운 것에서 줄행랑치는 사람처럼.
그때엔 자연이
(어린 날의 보다 사나운 재미와
그 즐거운 짐승 같은 거동은
벌써 지나갔지만)
내게는 일체였다. 그때의 나를
지금 마음속에 그릴 수는 없다.
소리치는 폭포수가
정열처럼 내 마음을 사로잡았고.
높다란 바위, 산,
깊숙하고 캄캄한 숲,
그 빛깔과 모양이 내게는
하나의 갈망이요 정감이요
사랑이었다.
명상이 대어 주는 머나먼 매력*도

----

* 상상이 가져다주는 초현실적인 매력.

By though supplied, nor any interest
Unborrowed from the eye. —— That time is past,
And all its aching joys are now no more,
And all its dizzy raptures. Not for this
Faint I, nor mourn nor murmur; other gifts
Have followed; for such loss, I would believe,
Abundant recompense. For I have learned,
To look on nature, not as in the hour
Of thoughtless youth; but hearing oftentime
The still, sad music of humanity,
Nor harsh nor grating, though of ample power
To chasten and subdue. And I have felt
A presence that disturbs me with the joy
Of elevated thoughts; a sense sublime

눈에서 오지 않는* 흥미라곤 필요 없는.
그 시절은 지나갔으니
그 모든 쑤시는 기쁨과
아찔한 환희도 이젠 가고 없다.
그러나 이 때문에 낙담하거나
슬퍼하거나 푸념하지 않는다.
다른 선물이 뒤따라왔으니
잃은 것에 비기면 넉넉한 벌충
나는 배웠다.
생각 없는 유치한 시절과는 달리
귀 따갑거나 거슬리지 않고
마음을 진정시키는 큰 힘을 지닌
고요하고 슬픈 인간성의 음악에
귀 기울이며
자연을 바라보는 법을
그리고 나는
숭고한 생각의 기쁨으로
내 마음을 출렁이게 하는
한 존재를 느끼게 되었다.

---

* Unborrowed from the eye: 감각에서 오지 않는, 상상적인.

Of something far more deeply interfused,
Whose dwelling is the light of setting suns,
And the round ocean and the living air,
And the blue sky, and in the mind of man:
A motion and a spirit, that impels
All thinking things, all objects of all thought,
And rolls through all things. Therefore am I still
A lover of the meadows and the woods,
And mountains; and of all that we behold
From this green earth; of all the mighty world
Of eye, and ear — both what they half create,
And what perceive; well pleased to recognize

그것은 아주 깊숙이 스며 있는
어떤 장엄한 것의 지각이었고
그것이 머무르는 곳은
석양의 햇살
둥근 바다와 살아 있는 바람
그리고 푸른 하늘과 사람의 마음
그것은 생각하는 모든 것
모든 생각의 대상을 밀고 나가며
만물 속을 굴러가는
하나의 운동이자 정신이다. 그러니까
나는 여전히 풀밭과 수풀과 산을
사랑한다. 그리고
이 초록의 대지에서 보게 되는
모든 것을, 눈과 귀가 미치는
크나큰 세계를
눈과 귀가 받아들여 반쯤 창조해 내는*

---

* both what they half create, and what perceive: 예술은 자연과 인간의
합작이라는 생각이 배후에 있다.

In nature and the language of the sense
The anchor of my purest thoughts, the nurse,
The guide, the guardian of my heart, and soul
Of all my moral being.

                Nor perchance,
If I were not thus taught, should I the more
Suffer my genial spirits to decay:
For thou art with me here upon the banks
Of this fair river; thou my dearest Friend,
My dear, dear Friend; and in thy voice I catch
The language of my former heart, and read
My former pleasures in thy shoothing lights

모든 것을 사랑한다.
자연 속에서 감각의 언어 속에서
내 무구한 생각의 닻을
내 가슴의 젖어머니
길잡이 수호자를,
내 정신적 존재의 요체를
알아보는 것이 참으로 기쁘다.
그리고 설령
내가 이런 가르침을 깨치지
못한다 하더라도
내 창조의 힘이 쇠하도록 해서는 안 되리
그대 소중한 벗이여
이 아름다운 강 언덕에
내 그대와 함께 있으니
내 귀하고 소중한 친구
그대의 목소리에서 나는
내 지난날의 심금의 언어를 잡고
그대 야성의 눈길의 예기(銳氣) 속에서
내 지난날의 기쁨을 읽는다.

Of thy wild eyes. Oh! yet a little while
May I behold in thee what I was once,
My dear, dear Sister! and this prayer I make,
Knowing that Nature never did betray
The heart that loved her; 'tis her privilege,
Through all the years of this our life, to lead
From joy to joy: for she can so inform
The mind that is within us, so impress
With quietness and beauty, and so feed
With lofty thoughts, that neither evil tongues
Rash judgments, nor the sneers of selfish men,
Nor greetings where no kindness is, nor all
The dreary intercourse of daily life,
Shall e'er prevail against us, or disturb
Our cheerful faith, that all which we behold

아! 그대 속에 있는 내 지난날의
모습을 한동안 바라보고 싶다!
자연은 자기를 사랑하는 자를
버리지 않음을 알기에
소중한 내 누이여!
나는 이런 기도를 드린다.
이승에서의 오랜 세월 동안
우리를 기쁨에서 기쁨으로
이끄는 것은 자연의 특권이다.
이렇듯 자연은
우리의 마음을 도야해 주고
고요와 아름다움으로 감동을 주고
드높은 생각의 먹이를 준다.
간교한 말도 지레 내린 판단도
잇속만 차리는 이들의 비웃음도
퉁명스러운 인사말도
일상의 따분한 교제도
우리를 누를 수 없고
기쁨에 찬 우리 믿음을

Is full of blessings. Therefore let the moon
Shine on thee in thy solitary walk;
And let the misty mountain winds be free
To blow against thee: and, in after years,
When these wild ecstasies shall be matured
Into a sober pleasure; when thy mind
Shall be a mansion for all lovely forms,
Thy memory be as a dwelling place
For all sweet sounds and harmonies; oh! then,
If solitude, or fear, or pain, or grief
Should by they porton, with what healing thoughts

훼방할 수 없다. 그리하여
우리가 바라보는 만상은
축복으로 가득 차 있다.
그러니까 달이여!
홀로 거니는 누이를 비추어라.
안개 머금은 산바람이여,
마음대로 누이에게 불어오거라.
그리하여 여러 해 뒤
이러한 야성의 환희가 무르익어
차분한 기쁨이 되고,
그대의 마음이 온갖 아름다운
형상의 대궐*이 되고
그대의 기억이 온갖 감미로운
소리와 화음의 거처가 될 때
아! 외로움과 무서움과 괴로움과 슬픔이
그대** 몫이 되면
모든 것을 쓰다듬어 주는

---

* mansion for all lovely forms: 기억은 자연계의 형상들이 사는 대궐이다.
** 작중에 나오는 'thou'는 함께 강변에 와 있는 도러시(Dorothy).

Of tender joy wilt thou remember me,
And these my exhortations! Nor, perchance —
If I should be where I no more can hear
Thy voice, nor catch from thy wild eyes these gleams
Of past existence — wilt thou then forget
That on the banks of this delightful stream
We stood together; and that I, so long
A worshiper of Nature, hither came
Unwearied in that service; rather say
With warmer love — oh! with far deeper zeal
Of holier love. Nor wilt thou then forget,
That after many wanderings, many years

은근한 즐거움으로 그대는
나와 나의 이 권고를 기억하리라!
그리고 설령
그대의 목소리를 들을 수 없고
그대의 야성의 눈길에서
지난날*의 번뜩임을 되잡을 수 없는
곳에 내가 있을지라도
이 경개 좋은 강 언덕에
함께 서 있었음을 잊지는 않으리라.
오랜 자연 숭배자인 내가
자연을 기리기 위해
고된 줄도 모르고 이곳에 왔고
아니 보다 성스러운 사랑에서
나온 보다 깊은 열성과
따뜻한 사랑으로
내 이곳에 왔음을 잊지 않으리라.
그리고 또한 예제로 떠돈 끝에
여러 해 만에 돌아온 나에게 있어

---

* Of past existence: 5년 전 시인 자신의 과거.

Of absence, these steep woods and lofty cliffs,
And this green pastoral landscape, were to me
More dear, both for themselves and for thy sake!

이 가파로운 숲과 드높은 벼랑,
이 초록빛 시골 풍치(風致)가
그 자체뿐 아니라
그대로 해서 더욱더
소중함을 잊지 않으리라.

아! 그대 속에 있는 내 지난날의
모습을 한동안 바라보고 싶다!
자연은 자기를 사랑하는 자를
버리지 않음을 알기에
소중한 내 누이여!
나는 이런 기도를 드린다.
이승에서의 오랜 세월 동안
우리를 기쁨에서 기쁨으로
이끄는 것은 자연의 특권이다.
이렇듯 자연은
우리의 마음을 도야해 주고
고요와 아름다움으로 감동을 주고
드높은 생각의 먹이를 준다.

「틴턴 사원 위쪽에서」에서

윌리엄 워즈워스 생가 비둘기집(그래스미어)

무연(撫然)히 홀로 생각에 잠겨
내 자리에 누우면
고독의 축복인 속눈으로
홀연 번뜩이는 수선화.
그때 내 가슴은 기쁨에 차고
수선화와 더불어 춤추노니.

「수선화」에서

윌리엄 워즈워스

1770년	영국 잉글랜드 북서쪽 호수지방의 코커머스에서 출생. 다섯 남매 중 둘째.
1778년	어머니 사망. 호크스헤드 문법학교에 다니다.
1783년	아버지 사망.
1787년	케임브리지 대학 세인트존스 칼리지 입학.
1790년	여름에 친구와 함께 프랑스, 독일, 이탈리아 등을 도보 여행.
1791년	대학 졸업. 4개월간 런던 생활 후 다시 프랑스로 감.
1792년	프랑스혁명에 심취함. 공화파 장교 보피와 친교. 아네트 발롱과 연애하다. 연말에 귀국.
1795년	누이 도러시와 함께 레이스다운에 정주.
1797년	콜리지 가와 가까운 알폭스던으로 이주.
1798년	『서정담시집』 초판 간행. 도러시와 독일 체재.
1799년	귀국 후 그라스미어 정주.
1800년	『서정담시집』 재판 간행.
1802년	상속 소송 해결로 부친 유산 상속받다. 도러시의 소꿉친구 메리 허친슨과 결혼.
1807년	『두 권의 시집』 간행. 시인으로서 전성기가 끝나다.
1810년	콜리지와 불화.
1812년	두 아이 잃다.
1843년	계관시인이 되다.
1850년	만 여든 살로 사망. 『서곡』 사후 출간.

평범한 생활과 고매한 사고

유종호

1

시인 윌리엄 워즈워스는 1770년 영국 북서쪽 스코틀랜드와
가까운 쪽에 있는 소읍에서 태어났다. 다섯 남매 중 둘째였는데
여덟 살에 어머니를 여의고 호크스헤드의 문법학교를 다녔다.
학생들은 주로 농부의 자제들이었는데 극히 자유롭고
예외적으로 민주적인 분위기를 가지고 있는 학교였다. 열세 살
때 아버지마저 여의었으나 동생들도 학교엔 다닐 수 있었다. 누이
도러시만은 조부 집에 가서 살았으나 친척들은 쌀쌀했던 것
같다. 열일곱 살에 케임브리지 대학으로 갔는데 비사교적이었고
방학이면 호크스헤드로 돌아갔다. 졸업하기 전 1790년 여름에
프랑스, 독일, 이탈리아 등을 거의 도보로 여행했는데 이때만
하더라도 1년밖에 안 된 프랑스대혁명에 비교적 미온적인 반응을
보였던 것 같다. "한 사람의 기쁨이 천만인의 기쁨이 될 때의 밝은
표정"에 공감을 느낀 것은 그러나 사실이었다.

영국으로 돌아온 그는 극히 평범한 성적으로 졸업을 했으나
성직에 오르는 것은 일부러 늦추었다. 몇 달 동안 후견인들이 대
주는 생활비로 무위도식하다가 1792년 가을에 프랑스로 갔다.
누이 도러시를 만나 본 후의 결정이었는데 프랑스 말을 완전히
습득해서 상류층 청년의 가정교사나 여행 동반자의 자리를
얻겠다는 구실이었다. 프랑스에서는 블루아에 머물렀으며 평생
처음으로 두터운 우정 관계를 맺게 된다. 귀족의 자제로서 다섯
형제가 모두 혁명에 가담하여 그중 세 사람이 목숨을 잃게 되는
당시 서른일곱 살 난 '보피'와의 친교가 그것이다. 그를 통해

워즈워스는 프랑스혁명의 참다운 의미를 이해하게 되고 열렬한 찬미자가 된다. 뒷날 그는 자서전적인 장시 「서곡」에서 '보피'와 벌인 며칠 혹은 몇 주일씩 계속된 담론을 소상히 적어 놓고 있다. 그러는 한편 네 살 위이고 왕당파에 동조하였던 '아네트 발롱'과 사랑하는 사이가 된다. 그 사이 후견인들은 생활비의 철회를 위협하다가 가을에는 이것을 실천에 옮긴다. 발롱의 출산 후 그는 가능한 한 빨리 자금을 가지고 돌아온다는 약속을 남기고 귀국한다. 열렬한 공화주의자가 되어 귀국한 그는 '고드윈' 주변의 젊은 급진파들과 어울렸고 '랜도프' 주교의 설교에 대한 급진론적 반론을 쓰기도 했다. 1794년엔 반정부적인 신문에 취직을 꾀하였으나 실패했다. 이 시절 그는 "무엇이 될는지 나 자신도 모르겠다."는 절망적인 편지를 친구에게 보낸 바 있다.

그 사이 이전의 동급생이었던 칼버트의 호의로 도러시를 방문할 수 있었고 또 그의 요절로 유산을 얻어 1795년엔 레이스다운에 도러시와 함께 정주하였다. 어린 시절 자연 애호를 되찾은 그의 목가적 생활은 콜리지를 통해 지적 보강을 얻는다. 그의 초기 습작을 접한 콜리지는 무명의 그를 "당대의 가장 빼어난 시인", "새 밀턴"이라 극찬하였다. 1798년에 콜리지와 합동으로 『서정담시집』을 냈고 1800년에 재판이 간행되었다는 것은 영문학사의 중요한 사건의 하나로 기억되고 있다.

1802년에 유산 소송이 성공적으로 끝나 고정 수입을 확보하게 된 그는 궁핍과 전쟁으로 약속을 어겼던 상대 발롱의 동의를 얻어 도러시의 단짝이었고 시인과도 오랜 친구였던 메리 허친슨과 결혼하였다. 그 후 가장으로서의 책임과 정치적, 사회적 문제로부터의 외면이 그의 이전의 신념을 변경 또는 포기하게 만든다.

1807년 『두 권의 시집』의 간행과 함께 시인으로서 워즈워스는 사실상 시인이기를 그친 것이나 다름없다. 1805년에 완성하여 개필한 뒤 1850년 사후에 나온 『서곡』을 제외한다면 그 후

시인으로서 이전의 명예를 손상시키는 수준 이하의 범작만을
남겼기 때문이다. 그의 후반생은 전반에 얻은 시인으로서의
명성을 보수적 순응주의로 연명에 내기는 깃으로 민족히는
속인(俗人)의 궤적으로 일관되어 있다. 그는 계관시인이 되고
천수(天壽)를 누림으로써 '반전 속의 절정'에 도달한다.

2

고등학교를 마친 사람이면 누구나 김소월과 함께 워즈워스의
이름쯤은 알고 있다. 「하늘의 무지개를 볼 때마다」와 「수선화」의
작자인 자연시인으로 혹은 "평범한 생활과 고매한 사고"란 명언의
토로자로서 말이다. 초서를 별격으로 친다면 셰익스피어와 밀턴
다음가는 영국의 위대한 시인이라는 매슈 아널드의 워즈워스
평가는 반드시 비평적 일치를 얻고 있는 것은 아니나 대체로
수용되고 있다.

시인으로서의 워즈워스를 밝히는 가장 효과적인 길은
그로 하여금 스스로 자가 해설을 꾀하게 하는 것이다. 이때
『서정담시집』의 재판에 부쳤던 「서문」의 몇 대목을 다시 읽어
보는 것처럼 계몽적인 것은 없다. 혁명적 중요성을 지닌 모든
문서가 그러하듯이 「서문」은 두고두고 훈고의 대상이 되어
왔음에도 불구하고 — 아니 계속 훈고의 대상이 되어 왔기
때문에 — 아직도 워즈워스의 참뜻에 관해서는 일치된 견해나
정설이 없다. 문학사가들이 공통적으로 인정하는 것은 이 서문이
신고전주의의 시론을 뒤엎으려 하고 있다는 점이다.

여기 모은 시편 속에서 시도된 중요한 목적은 사건
및 상황을 평민의 생활에서 취하고 가능한 한 사람들이
실제로 쓰는 말로써만 서술하거나 묘사하는 것이었다.
동시에 어떤 상상의 색채를 가해서 평범한 사물들이
비범하게 비치도록 하는 것이었다.

비극이나 서사시와 같은 고급 장르는 제왕과 귀족과 영웅만을 다루고 희극이나 풍자시 같은 하위 장르만이 낮은 신분의 사람들을 다룰 수 있다는 신고전주의의 걸맞음의 관습에 대한 도전을 우리는 위의 인용문에서 읽을 수 있다. 워즈워스는 사실 농부와 어린이와 죄인과 불구자를 시에서 다루었는데 이는 걸맞음의 관습의 거부였다. "사람들이 실제로 쓰는 말"로만 시를 쓰겠다고 나선 것은 "산문의 언어와 시의 언어 사이에 본질적 차이가 없다."는 이유에서였다. 이것도 시에 고유한 즐거움을 주기 위해서는 특수한 시어라든가 수사적 장치를 통해 시적 허용을 마음껏 행사해야 한다는 고전주의의 암묵의 전제를 거부한 결과였다. "모든 훌륭한 시는 강력한 감정이 저절로 넘쳐흐르는 것"이란 그의 지론이 밑받침된 것인데 시나 산문이나 그 심리적 원천은 출처가 같다는 것이다.

「서문」은 흔히 낭만주의의 선언문으로 간주되어 오면서 신고전주의의 반개념으로만 설명되어 온 혐의가 짙다. 즉 문학사에 있어서의 새 사조를 단순히 낡은 양식에 대한 반발이란 관점에서 바라보는 해석을 가했다는 면이 강하다. 여기서 우리는 문학 전통을 뒤흔들고 감식안과 취향의 변화를 초래하는 데는 새 독자층의 출현이 필요하다는 사실을 상기할 필요가 있다. 아울러 새 독자층은 자기 신분에 걸맞는 세계관을 갖게 마련이다. 따라서 워즈워스의 혁명적 시론을 단순히 문학사상의 기호와 취향의 변천이라고 보는 것은 사태의 단순화임을 면치 못한다.

이렇게 본다면 그의 유명한 프랑스혁명과의 로맨스는 보다 더 우리의 주목을 끌어 마땅하다. "사건 및 상황을 평민의 생활에서 취하고 가능한 한 사람들이 실제로 쓰는 말"로만 이를 그린다는 것은 과연 프랑스혁명의 열렬한 찬미자에게 어울리는 민주적 신념의 발로라 해야 할 것이다. 그는 1789년의 이념의 아들이었다. "시인이란 무엇인가? 누구에게 그는 말을 거는 것인가? …… 시인은 사람들에게 말을 하는 사람일 뿐이다." 이와 같은 말도

1789년의 정신의 세계를 받은 사람만이 할 수 있었던 소리이다. 교양 체험보다도 삶의 원체험이 훨씬 중요했던 그에게 "강력한 감정이 저절로 넘쳐흐르는 것"이란 시의 성의 사제가 고양된 혁명적 감정을 분담하는 데서 체득한 것이라 해도 크게 잘못은 아닐 것이다. 그에게 있어 자연 사랑과 인간 사랑이 결국 같은 것임은 그의 "평민의 생활"을 다룬 작품에 잘 드러나 있다. 그의 시는 노출되지 않고 내장된 이데올로기는 저항을 받지 않고 감명을 준다는 예술적 진리의 한 빼어난 예증이라 할 수 있다.

3

   작품에 대한 평가란 사람에 따라서 편차가 있게 마련이다. 영화 「초원의 빛」에 나오는 낭송 장면 때문에 널리 알려진 이른바 '불멸성의 노래'를 걸작시라고 칭송하는 한편에는 리비스처럼 그러한 칭송에 격앙된 부정적 반응을 나타내는 경우도 있다. 다만 워즈워스의 시인으로서의 참모습이 「서곡」이나 「소풍」 같은 장시보다도 짤막한 서정시에 잘 드러나 있다고 하는 것에 대해선 비평적 합의가 이루어져 있다고 볼 수 있다. 워즈워스는 60년 동안 계속 시작을 영위하였다. 그러나 1798년에서 1808년에 이르는 10년 동안에 최상의 작품을 써 냈다는 것에 대해서도 비평적 합의가 이루어진 셈이다. 그 이전과 이후에 쓰인 많은 범작과 졸작이 그의 수작을 수용하는 데 장애가 된다는 것도 널리 인정되고 있다. 매슈 아널드가 「마이클」, 「샘」, 「가을걷이하는 처녀」를 워즈워스의 특징이 가장 잘 나타나 있는 수작으로 꼽고 있는 것은 여전히 경청할 만하다고 생각된다. 짤막한 서정시가 문학의 주류로 부상한 것은 낭만주의 시대에 와서 현저해진 것이지만 워즈워스가 영국 낭만주의의 한 자랑이 되어 있음은 부정할 수 없다. 그의 자연 경도를 통해서 우리는 자연 경도가 반드시 동양 전통의 고유한 전유물이 아님을 확인하게 된다. 워즈워스의 시가 지니고 있다고 설파되는 '치유력'이 적어도 자연에의 경도를 체험한 사람들에게는 사실로 드러남을 인정할 수도 있을 것이다.

최상의 10년이 끝난 후 졸렬한 작품만을 남겨 놓았다는 사실에서 우리는 시란 젊은이나 쓸 것이라는 속론을 뒷받침해 주는 삽화를 읽어 내야 할 것인가? 혹은 그 이상의 사연을 찾아내야 할 것인가?

1802년에 고정 수입 확보를 통해 안정된 생활을 누리게 된 워즈워스는 이듬해 반나폴레옹전쟁을 열렬히 지지하면서부터 급격히 보수주의자로 변모해 간다. 자기에게 토지 기부를 제의한 부유한 귀족에게 전쟁 지지를 표명한 세 편의 형편없는 14행시를 써 바치기도 하였다. 이 역시집에 수록된 1805년 소작인 「홍진에 묻혀」는 자신의 변모에 대한 회한을 읊은 것이라고도 할 수 있다. 1812년엔 역시 어떤 귀족에게 한직이지만 약간의 수입이 보장되는 관직을 부탁하여 이듬해 연봉 600파운드의 관직을 얻는다. 이 소식을 듣고 청년 시인 셸리는 슬퍼하는 시를 쓰기도 했다. 1836년엔 「투표에의 항의」라는 졸작을 썼고 또 무상 교육과 호수 지방의 철도 부설에 반대하는 산문을 발표함으로써 극단적 보수주의자로서의 지위를 확고히 하였다. 1802년에 혁명가 투생을 찬양했던 그는 1840년에 식민지에서의 노예해방 문제에 대해서 서슴지 않고 반대를 표명하고 있다. 젊은 시절에 수용했던 이념을 하나하나 포기해 간 그가 이와 함께 시인이기를 그쳤다는 것은 "강렬한 감정이 저절로 넘쳐흐르는" 계기를 잃었기 때문이라고 할 수 있을는지도 모른다. 이 점 그의 보수화에서 시인의 죽음을 보는 해즐릿의 견해는 일단의 설득력을 가지고 있다. 워즈워스의 변모를 두고 로버트 브라우닝은 "은전 백 냥을 위해, 겉저고리에 꽂을 리본을 위해, 그는 우리 곁을 떠났다."라고 「잃어버린 지도자」에서 개탄하고 있다. 그러나 스탈린주의에 환멸했던 세대의 시인이 워즈워스에게서 자기 자신의 모습을 발견했듯이 근자의 동유럽 혁명을 목격했던 세대의 시인들 역시 워즈워스에게서 새 의미를 읽어 낼지도 모르는 일이다.

외국의 독자들이 헤야 할 일은 우선 이해하고 즐기는 일이다. 미리 형성된 편향된 생각을 가지고 접근하기보나 작품의 실상을 파악하는 일이 중요하다. 말의 위엄이 점점 시들어져 가는 시대에 고전을 읽는다는 것은 여러모로 뜻있는 일이다. 뜻만 전달하고 있어 시로서의 위엄은 사라져 가고 있지만 이 조그만 책이 시를 즐기는 계기가 되어 주었으면 한다.

세계시인선 21   하늘의 무지개를 볼 때마다

1판 1쇄 펴냄 1974년 4월 15일
1판 8쇄 펴냄 1990년 3월 15일
2판 1쇄 펴냄 1995년 1월 5일
2판 20쇄 펴냄 2014년 2월 27일
3판 1쇄 펴냄 2017년 4월 20일
3판 4쇄 펴냄 2022년 3월 2일

지은이   윌리엄 워즈워스
옮긴이   유종호
발행인   박근섭, 박상준
펴낸곳   (주)민음사

출판등록 1966. 5. 19. (제16-490호)
주소   서울시 강남구 도산대로1길 62
          강남출판문화센터 5층 (06027)
대표전화 02-515-2000   팩시밀리 02-515-2007

www.minumsa.com

ⓒ 유종호, 2017. Printed in Seoul, Korea

ISBN 978-89-374-7521-4 (04800)
      978-89-374-7500-9 (세트)

* 잘못 만들어진 책은 구입처에서 교환해 드립니다.

세계시인선 목록